19 Octobre 1897

V

1ère Vente A. BEURDELEY

Les Mardi 19, Mercredi 20, Jeudi 21 et Vendredi 22 Octobre 1897

A DEUX HEURES PRÉCISES

Dans un Local, à Paris

5, RUE DEBELLEYME, 5

POUR

BRONZES D'ART

Meubles de Style et de Grande Décoration

AVEC DROIT DE REPRODUCTION

PROVENANT

De la Maison A. BEURDELEY

Fabricant de Bronzes et d'Ébénisterie d'Art

PAR SUITE DE CESSATION DE FABRICATION

EXPOSITION PUBLIQUE

Les Dimanche 17 et Lundi 18 Octobre 1897

DE 10 HEURES DU MATIN A 4 HEURES DU SOIR

COMMISSAIRE-PRISEUR

Me [illegible]

Rue Richer, 41

EXPERTS

M. A. DACHERY	M. LE MAIRE DEMOUY
7 Rue des Filles-du-Calvaire	Rue de l'Université, 10

PARIS — 1897

IMPRIMERIE MAULDE ET RENOU

MAULDE, DOUMENC & Cie

IMPRIMEURS DE LA COMPAGNIE DES COMMISSAIRES-PRISEURS

Rue de Rivoli, 144. — Paris

CATALOGUE

DES

MODÈLES

POUR

BRONZES D'ART

Meubles de style et de Grande Décoration

AVEC DROIT DE REPRODUCTION

**Groupes, Statuettes, Pendules, Candélabres
Girandoles, Lustres, Flambeaux, Torchères, Chenets
Bureaux, Commodes
Meubles, Vitrines, Tables, etc.**

PROVENANT

De la Maison A. BEURDELEY

Fabricant de Bronzes et d'Ébénisterie d'Art

PAR SUITE DE CESSATION DE FABRICATION

Dont la 1re Vente aux enchères publiques aura lieu

DANS UN LOCAL, A PARIS

5, RUE DEBELLEYME, 5

Les Mardi 19, Mercredi 20, Jeudi 21 et Vendredi 22 Octobre 1897

A **DEUX** HEURES **PRÉCISES**

COMMISSAIRE-PRISEUR

Me Frédéric LECOCQ

Rue Richer, 41

EXPERTS

M. A. DACHERY	M. LE MAIRE DEMOUY
7, Rue des Filles-du-Calvaire	Rue de l'Université, 10

EXPOSITION PUBLIQUE

Les Dimanche 17 et Lundi 18 Octobre 1897

DE 10 HEURES DU MATIN A 4 HEURES DU SOIR

PARIS — 1897

CATALOGUE

DES

MODÈLES

POUR

BRONZES D'ART

Meubles de style et de Grande Décoration

AVEC DROIT DE REPRODUCTION

Groupes, Statuettes, Pendules, Candélabres
Girandoles, Lustres, Flambeaux, Torchères, Chenets
Bureaux, Commodes
Meubles, Vitrines, Tables, etc.

PROVENANT

De la Maison A. BEURDELEY

Fabricant de Bronzes et d'Ébénisterie d'Art

PAR SUITE DE CESSATION DE FABRICATION

Dont la 1re Vente aux enchères publiques aura lieu

DANS UN LOCAL, A PARIS

5, RUE DEBELLEYME, 5

Les Mardi 19, Mercredi 20, Jeudi 21 et Vendredi 22 Octobre 1897

A DEUX HEURES PRÉCISES

COMMISSAIRE-PRISEUR

Me Frédéric LECOCQ

Rue Richer, 41

EXPERTS

M. A. DACHERY	M. LE MAIRE DEMOUY
7, Rue des Filles-du-Calvaire	Rue de l'Université, 10

EXPOSITION PUBLIQUE

Les Dimanche 17 et Lundi 18 Octobre 1897

DE 10 HEURES DU MATIN A 4 HEURES DU SOIR

PARIS — 1897

CONDITIONS DE LA VENTE

Elle sera faite **au comptant.**

Les Acquéreurs paieront **cinq pour cent** en sus du prix d'adjudication.

Ils seront tenus de prendre la **Fonte brute** existant pour certains modèles, au prix de **2 fr. 50 le kilogramme.**

Le **Poids de fonte** sera indiqué au moment de la mise en vente de ces modèles.

La **livraison** mettant les acquéreurs à même de vérifier l'état des objets vendus, de même que les quantités ou poids énoncés, il ne sera admis aucune réclamation une fois la **livraison opérée.**

TABLE

AVIS. — Le Local est à louer.

Maulde, Doumenc et Cie, imprimeurs de la Cie des Commissaires-Priseurs, rue de Rivoli, 144 700—69477

PREMIÈRE VENTE

DÉSIGNATION

GROUPES

1 — Groupe **deux Enfants,** Fille et Garçon à la corbeille de fleurs.

Par DELARUE.

2 — Groupe **deux Enfants à la tortue.**

Par DELARUE.

3 — Groupe **trois Enfants** avec oiseaux.

Par DELARUE.

4 — Groupe **le Nil.**

Jardin des Tuileries.

Haut. 0m21.

5 — Groupe **Faunesse** et deux Faunillons au tambour de basque.

Par Clodion.

Haut. 0^m31.

6 — Groupe **l'Amour à la Folie**.

De Carpeaux.

STATUETTES

7 — Quatre grandes Figures **les Saisons**.

Par Coustou.

Haut. 0^m84.

8 — **Enfant à la pomme**.

Par Pigalle.

Haut. 0^m43.

9 — Une Figure **Atlas**.

10 — Statuette **Louis XIV équestre**.

Par Girardon.

Haut. 0^m68.

11 — Statuette Figure de **Femme** accoudée sur un fût de colonne.

Par Falconnet.

12 — Statuette **Poussah chinois**.

Fondu sur bronze ancien.

Haut. 0^m23.

13 — Figure **la Renommée**. Époque Louis XIV.

14 — Petite Statuette **Femme au miroir.**

Haut. 0m18.

14 *bis* — Petite Figure de **Femme,** corne d'abondance.

Haut. 0m18.

15 — Figure de **Minerve,** Louis XIV.

Bronze ancien.

16 — Statuette **le Char de l'Aurore.**

Haut. 0m87.

Deux Terrasses nuage.
Une Terrasse tronc d'arbre.

17 — **Petit Enfant** sur rocher.

Par François.

18 — Deux **Enfants ailés**, se faisant contrepartie.

19 — **Faunesse et petit Faune au raisin.**

20 — **Enfant au miroir**.

21 — Deux Figures d'**Hommes,** Louis XIV, pour gaine.

22 — Trois **Enfants** divers.

BUSTES

23 — Buste de **petite Fille** les cheveux nattés.

24 — Buste de **petit Garçon**, contre-partie du n° 23.

25 — Buste **Bacchante**.

Par MARIN.

Haut. $0^{m}29$.

26 — Quatre petits Bustes, **les Quatre Saisons**. Époque Louis XIV.

27 — Bustes **Enfants drapés,** petite Fille et petit Garçon.

28 — Deux Bustes doubles :

Le Baiser, par HOUDON.

Le Baiser, par X...

29 — Enfant **Louis XVI** ailé, tenant des fleurs.

PENDULES

30 — Grande Pendule **Louis XIV**, à têtes de bélier, patin à buste de Sauvage.

Haut. $1^{m}02$.

31 — Pendule **Louis XIV,** gaine Boule, à baromètre.

Ministère des Finances.

32 — Pendule **Louis XIV,** à poignée, bas-relief à tête d'Empereur.

33 — Pendule **Louis XIV,** marqueterie de Boule.

Couronnement **le Temps.**
Chute à tête de bélier.

34 — Pendule **Régence,** à cul-de-lampe, Dragon.

Une modification à console, socle ancien.
Marqueterie de Boule.

Château de Blois.

35 — Grande Pendule **Louis XV : Flore et l'Amour.**

36 — Pendule **Louis XV,** sur socle, coquilles et feuilles.

Par Caffieri.

37 — Pendule **Louis XV : Enlèvement d'Europe.**

38 — Pendule **Louis XV,** Enfant berceau. Socle à musique.

39 — Grande Pendule **Delafosse**, vase méplat, à tête de lion.

40 — Pendule **Delafosse,** pour cartonnier, Enfant à la torche, quatre pommes de pin.

41 — Pendule **Delafosse,** deux Enfants couronnement, fleurs et flambeaux.

42 — Pendule **Delafosse,** à têtes de lion, bas-socle canard et roseaux.

43 — Pendule **Delafosse,** à vase, tête de femme, guirlandes de fruits.

44 — Pendule **Louis XVI,** trophée flèches et carquois, frise à cornes d'abondance.

45 Pendule **Louis XVI,** deux Enfants couronnement, chèvres.

46 — Pendule **Louis XVI**, Trois Grâces.

Collection Double.
Vente Forestier.

47 — Pendule **Louis XVI,** enfant, draperie et corne d'abondance.

48 — Petite Pendule **Louis XVI,** Enfant assis au tambour.

49 — Pendule **Louis XVI,** cornes d'abondance, trophée flambeaux et carquois.

50 — Pendule **Louis XVI,** Enfants aux nuages.

Château de Compiègne.

51 — Pendule **Louis XVI,** chapiteau ionique, sur socle marbre.

52 — Pendule **Louis XVI,** console à laurier et cassolette têtes de béliers.

Collection du Mobilier National.

Différentes modifications pour le socle.

53 — Pendule **Louis XVI,** cage à glaces, cadran à draperie, couronnement carquois et flèches.

54 — Grande Pendule **Louis XVI,** le Temps et l'Immortalité.

Figures par Pajou.
Ornements par Martincourt.

55 — Pendule **Louis XVI,** Enfant à la cage.

Par Pigalle.

56 — Pendule **Louis XVI,** couronnement à rinceaux, frise entrelacée de myrthe.

57 — Grande Pendule **Louis XVI,** vase à cadran tournant, Enfant Mars.

Collection Richard Wallace.

58 — Pendule **Louis XVI,** deux Enfants portant une Bacchante sur un palanquin.

59 — Pendule **Trois Grâces, Louis XVI.**

Par Vion et Lepautre.
Château de Fontainebleau.

60 — Pendule **Louis XVI,** Bacchante enivrée, chèvre et enfant.

61 — Pendule **Louis XVI,** Char de Vénus.

62 — Pendule **Louis XVI,** Vénus et l'Amour.

63 — Pendule **Louis XVI,** marbrerie, frise bonnet de Mercure et lauriers.

64 — Pendule **Louis XVI,** Vénus éveillant l'Amour.

65 — Petite Pendule **Louis XVI,** couronnement enfant.

66 — Pendule **Louis XVI,** forme tabouret, couronnement pomme de pin.

67 — Pendule **Louis XVI**, lyre, soleil et draperies.

68 — Pendule **Louis XVI,** deux Enfants porteurs, socle à guirlande de laurier.

CANDÉLABRES

69 — Candélabre **Louis XV,** enfant cœur.

69 *bis* — Grand Candélabre **Louis XIV**, trois consoles, 7 lumières.

70 — Candélabres **Louis XVI,** n° 1, sirènes, 8 lumières.

71 — Candélabre **Louis XVI,** n° 2, à sirène, 3 lumières.

72 — Grand Candélabre **Louis XVI,** à sirène.

73 — Candélabre **Louis XVI,** Enfant portant des bouquets.

Partie et contre-partie.

74 — Grand Candélabre **Louis XVI.**

Enfants par Pigalle.

Bouquet 9 lumières.

75 — Candélabre **Louis XVI,** Enfants porteurs.

Partie et contre-partie.

Bouquet 5 lumières, branche vigne.

76 — Grand Candélabre **Louis XVI,** Enfants garde-à-vous.

De Falconnet.

Bouquet à torche 6 lumières.

77 — Petit Candélabre **Louis XVI,** Enfants pavots.

Château de Saint-Cloud.

78 — Candélabre **Louis XVI,** Enfant faune, 2 lumières.

79 — Candélabre **Louis XVI,** Enfants courant, à 2 et 4 lumières.

De Clodion.

80 — Candélabre **Louis XVI,** vase enfants, gaine à corne d'abondance.

Garde-Meuble.

81 — Candélabre **Enfants,** Cerf et Sanglier.

82 — Grand Candélabre **Louis XVI,** base trois tigres et branches à sirène.

Candélabre dit de Lafayette.

Mobilier National.

83 — Candélabre **Louis XVI,** deux Enfants chasse. Bouquet cors de chasse.

84 — Candélabre **Louis XVI,** deux Femmes debout, partie et contrepartie, 3 lumières, branche de chêne.

85 — Grand Candélabre **Louis XVI,** à trois autruches.

Collection du Mobilier National.

86 — Petit Candélabre **Louis XVI,** à griffons.

Bouquet 3 lumières.

87 — Vase **Louis XVI,** à têtes d'ange, socle carré.

88 — Candélabre **Louis XVI,** vase en marbrerie. Bouquet œillets.

89 — Candélabre **Louis XVI**, brandon à flamme, trépied à pied de biche.

90 — Candélabre **Louis XVI,** trépied à griffe de lion. Bouquet à vase Saint-Germain.

N° 1.
N° 2.

91 — **Enfant à la conque.**

GIRANDOLES

92 — Girandole **Louis XV,** à 3 lumières, branches rondes contournées.

93 — Girandole **Louis XV**, à 3 lumières, pieds à trois consoles.

94 — Grande Girandole **Louis XV**, trois Enfants.

Par MEISSONNIER.

Bouquets à 3 et 5 lumières.

N° 1.
N° 2.

95 — Girandole **Delafosse,** trois consoles à têtes d'enfant poudrées, double-pied à feuilles et perles.

BOUTS-DE-TABLE

96 — Bout-de-Table **Louis XIV,** petits mascarons.

97 — Petit Bout-de-Table **Louis XVI,** 2 lumières et quatre consoles, dit de Marie-Antoinette.

N° 1.
N° 2.

FLAMBEAUX

98 — Flambeau **Louis XIV,** pied à six pans, balustre médaillon tête d'empereur.

99 — Flambeau **Louis XIV,** balustre à baguettes et têtes de lion.

100 — Flambeau **Louis XV,** Tom-Pouce, un modèle avec enfants.

Partie et contre-partie.

101 — Flambeau **Louis XV,** balustre et bobèche à coquilles.

102 — Flambeau **Louis XV,** à syrène

103 — Flambeau **Louis XV,** à agrafes.

104 — Flambeau **Louis XV,** à enfant.

Partie et contre-partie.

Par MEISSONNIER.

105 — Grand Flambeau **Delafosse,** enfilage à piastre et trois consoles.

106 — Flambeau **Delafosse,** forme cassolette, à trépied tête de chèvre, pieds à entrelacs.

107 — Flambeau **Delafosse,** pied à médaillons, bobèche guirlandes lauriers.

108 — Flambeau **Louis XVI,** Satyre debout à la corbeille.

109 — Flambeau **Louis XVI,** bas-pied à quatre consoles à rosaces.

110 — Flambeau **Louis XVI,** balustre et pied à marguerite.

111 — Flambeau **Louis XVI,** pied haut à canaux, balustre trois consoles à écusson.

Musée de Sèvres.

112 — Flambeau **Louis XVI,** trois enfants canon.

113 — Flambeau **Louis XVI,** colonne, trois consoles à tête de Zéphyrs.

114 — Flambeau **Louis XVI,** à trois consoles tête de femme.

D'après Forty.

115 — Flambeau **Louis XVI,** trois consoles à têtes d'ange.

Par Gouthière.

116 — Flambeau **Louis XVI,** trois cariatides femmes, bobèche cassolette.

Par Forty.

117 — Petit Flambeau **Louis XVI,** cassolette à flamme.

118 — Flambeau **Louis XVI,** à trépieds et enfant portant une corbeille.

FLAMBEAU-BOUILLOTTE

119 — Flambeau-bouillotte **Louis XVI,** à 3 lumières, tige triangulaire.

BOUGEOIRS

120 — Petit Candélabre **Louis XIII.**

121 — Bougeoir **Louis XV,** colonne rostrale, à sonnette.

122 — Bougeoir **Louis XV,** patte à coquille.

ENCRIERS

123 — Encrier **Louis XIV,** deux godets, plateau gravé avec liseuse à 2 lumières.

124 — Encrier **Louis XV,** plateau de laque.

125 — Encrier **Louis XV,** à 2 lumières, pour ébénisterie.

126 — Encrier **Louis XVI,** plateau laque.

LUSTRES ET PLAFONNIERS

128 — Plafonnier rond **Renaissance.**

129 — Lustre **Louis XIV,** uni, 12 lumières, genre cristal de roche.

130 — Lustre **Louis XIV,** à 8 lumières, quatre consoles.
Grand Lustre à 24 lumières, disposé avec partie des modèles.

131 — Lustre **Louis XV,** à 15 lumières, à treillis.
Plafonnier disposé avec les mêmes modèles.

132 — Lustre **Enfants pipeaux,** à 6 lumières.
Palais de Versailles. Bibliothèque du Roi.

133 — Grand Lustre **Louis XVI,** à cariatides femmes.
Collection San Donato.

134 — Lustre **Louis XVI,** à trois cariatides.
Petit Trianon.

135 — Lustre **Louis XVI,** enfilage cristal, 30 lumières.
Lustre **Louis XVI,** 16 lumières, composé avec partie des éléments du précédent.

TORCHÈRES

136 — Torchère **Louis XIV,** vase marbrerie, à seize lumières.

138 — Grande Torchère **Louis XVI**, femmes drapées.

Figures par Clodion.
Collection du Mobilier National.

LANTERNES

139 — Lanterne **Louis XIII,** cinq pans coniques.

140 — Lanterne **Louis XV,** à fleurs d'oranger.

141 — Grande Lanterne **Louis XVI,** à lustre central.

Petit Trianon.

142 — Lanterne **Louis XVI**, raie de cœur.

143 — Lanterne **Louis XVI,** raies à contours.

BRAS

144 — Bras **Louis XIV**, à lyre.

École des Beaux-Arts.

145 — Petit Bras **Louis XIV**, à 3 lumières, appliques à bas-relief, Apollon et l'Amour.

146 — Bras **Régence**, à 2 lumières, Mars et Minerve.

147 — Bras **Régence**, à tournesol, à 2 lumières.

Partie et contre-partie.

148 — Bras **Régence**, à 2 lumières, applique fusée.

149 — Bras **Régence**, à 2 lumières, branches variées, applique gaine d'enfant.

150 — Grand Bras **Louis XV**, à 3 lumières.

Palais de Schœnbrun.

151 — Bras **Louis XV**, à 2 lumières, appliques cerf et sanglier, branche feuille de chêne.

152 — Petit Bras **Louis XV**, à 2 lumières, applique à gros godron.

Partie et contre-partie.

153 — Grand Bras **Louis XV**, à 2 lumières, applique chute feuilles de sauge.

154 — Bras **Louis XV,** à 3 lumières, applique console saillante, branches palmes.

Modèle de Sèvres.

155 — Grand Bras **Louis XV,** à 3 lumières, applique et branches à fleurs de rose et d'oranger.

156 — Grand Bras **Delafosse,** branches à têtes de femme.

157 — Bras **Louis XVI,** à 3 lumières, branche tête de chèvre.

Mobilier National.

158 — Grand Bras **Louis XVI,** à cors de chasse.

Palais de Trianon.

159 — Grand Bras **Louis XVI,** applique à lyre et tête de soleil, branches à laurier.

Par Gouthière.

160 — Grand Bras **Louis XVI,** à 3 lumières, vase à tête de bélier, branches tête de femme.

Par Gouthière.

161 — Bras **Louis XVI,** à 2 lumières, appliques à consoles détachées et nœud de ruban.

162 — Bras **Louis XVI,** à 2 lumières, appliques à dauphins et étendards, branches chêne et laurier.

Deux modèles

163 — Bras **Louis XVI,** à 3 lumières, applique enfant, branches à sphynx.

164 — Bras **Louis XVI,** à 2 lumières, applique à tête de lion et trophée guerrier.

Par Delafosse.

165 — Bras **Louis XVI,** à 2 lumières, applique longue à trophée guerrier, vase à deux consoles.

166 — Grand Bras **Louis XVI,** à 5 lumières, vase ovoïde à têtes de femmes, culot à chute feuilles de chêne.

Mobilier National.

167 — Bras **Louis XVI,** à 4 lumières, applique figure de femme, rinceaux à tête d'aigle.

168 — Bras **Louis XVI,** à 2 lumières, applique grosses piastres et ruban, branches enroulées à feuilles d'acanthe.

169 — Bras **Louis XVI,** à 3 lumières, applique à caducée.

Mobilier National.

170 — Bras **Louis XVI,** à 2 lumières, appliques à enfants porteurs et trophée casque, branche à grecque.

171 — Grand Bras **Louis XVI,** à 3 lumières, applique carquois à pans et nœud de ruban.

BAROMÈTRES ET THERMOMÈTRES

172 — Grand Baromètre **Louis XV,** forme violon, pour ébénisterie.

Maquette.

173 — Thermomètre **Delafosse,** cadre à piastres.

174 — Baromètre-Thermomètre **Louis XVI.**

Galerie des Estampes. Musée du Louvre.

175 — Thermomètre **Louis XVI,** cadre baguette à feuilles.

CARTELS

176 — Petit Cartel **Louis XIV,** porte-montre.

177 — Grand Cartel **Louis XV,** la Renommée.

178 — Cartel **Régence,** la Comédie italienne.

179 — Grand Cartel **Louis XV,** à Phénix.

180 — Cartel **Louis XV,** Diane au cerf.

181 — Cartel **Louis XV**, Char de l'Amour.

Par J.-J. Caffieri.

182 — Cartel **Delafosse,** gaine à têtes de femme, couronnement à vase.

183 — Cartel **Louis XVI,** œil-de-bœuf à couronne de roses.

CHENETS

184 — Chenet **Louis XIV**, chien à lambrequin.

185 — Chenet **Louis XIV,** socle à médaillon, tête d'empereur.

186 — Chenet **Louis XIV,** à pyramide.

187 — Chenet **Régence,** à lion et figures d'enfants.

188 — Chenet **Régence,** à lion, socle à agrafe.

189 — Grands Chenets **Louis XV,** Chasse au sanglier.

190 — Chenets **Louis XV,** Chinois et Chinoise.

Mobilier National.

191 — Chenets **Louis XV**, Vénus et Vulcain.

Collection San Donato.

192 — Chenets **Louis XV**, Peinture et Sculpture.

193 — Chenets **Louis XV**, large feuille, Villageois et Villageoise.

194 — Chenet **Delafosse**, gros vase brut, à guirlande de vigne.

195 — Grand Chenet **Louis XVI**, à vase guirlandes de vignes et griffon.

Mobilier National.

196 — Chenets **Louis XVI**, forme tabourets, Enfants Mercure.

Bronze ancien.

197 — Chenets **Louis XVI**, Enfants chauffeurs.

198 — Chenet **Louis XVI**, Sphynx, tablier à tête de soleil.

199 — Grands Chenets **Louis XVI**, Cerf et Sanglier.

Collection du Mobilier National.

200 — Grands Chenets **Louis XVI**, Buire et Chèvres.

Collection du Mobilier National.

201 — Chenets **Louis XVI**, à enfants, socle à entrelacs.

202 — Grands Chenets **Louis XVI**, à deux sphynx et cassolette.

Collection Hamilton.

203 — Chenets **Louis XVI**, Enfants l'eau et le feu.

204 — Chenets **Louis XVI,** Chameaux.

Collection du Mobilier National.

205 — Grands Chenets **Louis XVI,** à lions ailés.

Mobilier National.

206 — Deux **Enfants vendangeurs,** pour chenets.

Bronze ancien.

CHEMINÉES

207 — Cheminée **Louis XIV,** à enroulements.

Château de Fontainebleau.

208 — Grande Cheminée **Louis XV,** à enfants porte-lumière.

Reproduit dans la *Gazette des Beaux-Arts.*

Dessins, Maquette en pierre.

209 — Cheminée **Louis XVI,** à carquois et arc.

Maquette, Dessins.

Boudoir de la Reine.
Château de Fontainebleau.

210 — Cheminée **Louis XVI,** à gaines d'enfant et aigle.

Maquette, Dessins.

Château de Fontainebleau.

211 — Cheminée à gaine d'**Atlas, fin Louis XVI.**

Maquette.

212 — Cheminée **Louis XVI,** console à feuilles d'acanthe.

Maquette, Dessins.

213 — Cheminée **Louis XVI,** feuilles d'acanthe et laurier.

Maquette.

CONSOLES

214 — Console **Louis XIV**, de Boule.

Musée du Louvre.

215 — Console **Régence,** à double cigogne.

216 — Grande Console **Louis XV.**

217 — Console **Louis XVI,** pieds accouplés, Faunes.

218 — Grande Console **Louis XVI**, à tête de femme et lauriers.

VASES ET MONTURES

219 — Monture **Louis XIV,** à anses, pour potiche carrée.

220 — Monture **Louis XV** pour grande buire.

Deux modèles.

Par CAFFIERI.

221 — Monture **Louis XV** pour buire, anse à dragon.

Mobilier National.

222 — Monture **Louis XV** pour brûle-parfums, pied carré à contours.

223 — Grande Monture **Louis XV,** à bouquet, pour grands oiseaux porcelaine.

224 — Monture **Delafosse,** à guirlandes de laurier entrelacées.

225 — Monture **Delafosse** pour vase, anses serpents entrelacés.

226 — Monture **Louis XVI,** à cigognes, pour vase.

Trois modèles.

227 — Monture **Louis XVI** pour bambou porcelaine.

228 — Monture **Louis XVI,** à tête de femme, pour pithong de Chine.

229 — Vase **Louis XVI**, anse femme frileuse, quatre pieds griffes d'aigle.

Par Gouthière.

230 — Vase **Gourde**, anses tête d'âne.

231 — Grand Vase **Enfants tritons.**

232 — Monture de coupe **Louis XVI,** pied à sphynx.

233 — Grande Monture **Louis XVI,** quatre patins pied de biche à branches de chêne.

234 — Vase **Louis XVI**, anse syrènes.

Mobilier National.

235 — Monture **Louis XVI** pour coupe, anse feuilles d'acanthe et anneau laurier.

236 { Monture de vase **Louis XVI**, à congélation et tête de lion.

Galerie d'Apollon.

Garniture pour fût de colonne, soubassement des dits vases.

Galerie d'Apollon.

237 — Brûle-Parfum **Louis XVI**, à trépied griffons et figure de femme jouant du pipeau.

Musée du Louvre.

238 — Grand Vase **Louis XVI,** de forme Médicis, à bas-relief de Diane et Endymion, anse formée par une femme debout soutenant le col.

Par Thomire.

239 — Cassolettes **Louis XVI,** gaine figure de femme.

Collection Double.

240 — Vase **Louis XVI,** Talmours.

Palais de Fontainebleau.

BUREAUX

241 — Bureau **Louis XIV,** de Boule.

Plan.

Château de Versailles.

242 — Grand Bureau **Régence,** à chute, cariatid guerrier.

Plan, Maquette, Dessin, Calibres.

Ministère de la Marine.
Par Crescent.

243 — Bureau-Pupitre **Louis XV,** ébénisterie.

Plan, Calibres, Maquette, Dessin.

244 — Bureau ovale, à casier, **Delafosse.**

Plan, Dessins, Calibres, Maquette.

245 — Bureau **Louis XVI,** à cylindre.

Plan, Maquette, Dessins, Calles, Calibres.

Par Riesener.

Mobilier National.

246 — Bureau plat **Louis XVI,** pied à gaine carrée avec draperie.

Plan, Dessins, Calibres.

Ministère de la Marine.

247 — Petit Bureau **Louis XVI,** ovale, à casier, frises à bretté.

Plan, Maquette.

248 — Bureau **Louis XVI,** à casiers, double face.

Musée du Louvre.

248 *bis* — Encoignure **Louis XVI.**

Palais de Trianon.

COMMODES

249 — Commode **Louis XIV.**

Plan.

Bibliothèque Mazarine.

250 — Grande Commode **Louis XVI.**

Plan, Calles, Calibres, Dessins.

Palais de Fontainebleau.

251 — Grande Commode **Louis XVI,** à frise myrthes entrelacées.

Pilastre à balustre et vase.

Plan.

Musée du Louvre.

MEUBLES

252 — Petit Meuble **Louis XV,** forme crédence, à tiroir et tablette.

Plan, Dessins, Calibres.

Par Boudin.

253 — Meuble **Louis XV,** à panneaux de mosaïque.

Plan, Dessins.

Par Petit.

254 — Meuble **Louis XVI**, à deux corps, à cariatides femme, pied à carquois.

Plan.

Exposition de 1878.

255 — Meuble d'entre-deux **Louis XVI,** à deux portes, panneaux à médaillon Wedgwood.

Plans.

Château de Fontainebleau.

256 — Meuble d'appui **Louis XVI,** à coins rentrant, pilastre rond.

Calibres, Calles, Plan, Maquette.

Par Cauvet.

257 — Meuble **Louis XVI,** quatre étagères, coins ronds.

Maquette, Dessin.

MEUBLES DIVERS

258 — Servante étagère **Louis XV.**

Plan, Calibres.

259 — Table de nuit **Louis XVI,** à poignée guirlandes de laurier.

Plan.

260 — Petit Guéridon **Louis XVI,** à trois pieds, à colonnes accouplées.

261 — Grande Bibliothèque **Louis XVI,** frise à enfants rinceaux.

Plans.

Par Riesener.

Ministère des Finances.

RÉGULATEURS

262 — Grand Régulateur **Delafosse,** le Char d'Apollon.

Plan, Maquette.

Par Philippe CAFFIERI.
Château de Versailles.

263 — Grand Régulateur **Louis XVI.**

Plan, Maquette.

Par CARLIN et GOUTHIÈRE.
Musée du Louvre.

SECRÉTAIRES

264 — Secrétaire **Louis XV.**

Calles, Plan, Maquette, Calibres, Dessins.

Par CRESCENT.

265 — Secrétaire **Louis XVI,** tiroir à tablier.

Plan.

Par GOUTHIÈRE.

Disposition spéciale pour faire le meuble à deux portes.

TABLES

266 — Table **Louis XVI,** les Muses.

Maquette, Plans, Dessins.

Mobilier National.

267 — Table **Louis XVI,** à pied gaine carrée, applique thyrse.

Calibres, Plans, Dessins.

Mobilier National.

268 — Petite Table **Louis XVI,** écoinçons tête d'aigle.

Plans.

Mobilier National.

269 — Table de toilette de **Marie-Antoinette,** quatre pieds et cariatide femme, à dessus laque de Chine.

Maquette, Plans, Dessins.

Musée du Louvre.

270 — Table de nuit **Louis XVI,** applique d'angle à soleil, porte à rideau.

Calibres, Plan.

271 — Table carrée **Louis XVI,** pied rond, frise courante à marguerite.

Maquette, Plan.

272 — Table de toilette **Louis XVI,** dessus marqueterie à quadrillé.

Plan, Dessins.

Château de Trianon.

VITRINES

273 — Petite Vitrine **Louis XVI,** chute panier de fleurs

Plan, Maquette.

274 — Vitrine **Louis XVI**, sur table, entrejambe à corbeille.

Plan, Maquette.

DIVERS

275 — Écran **Louis XVI,** à cariatides.

276 — Dessus de porte **Louis XVI,** grande frise à rinceaux.

277 — Presse-Papier **Enfant couché sur une terrasse.**

278 et suivants — Objets non compris au présent Catalogue.

RED. :

19

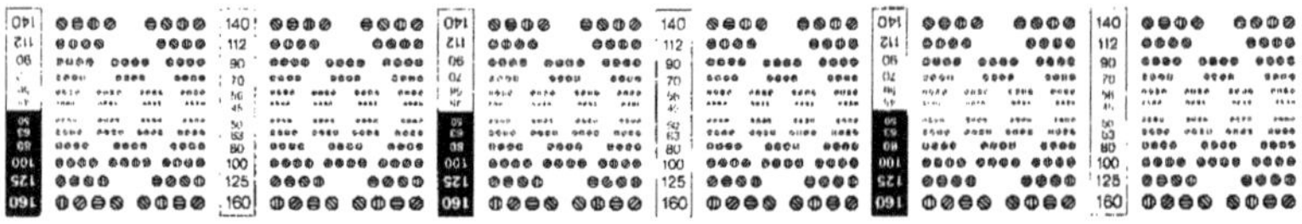

0 1 2 3 4 5 6 7 8 9 10

www.ingramcontent.com/pod-product-compliance
Ingram Content Group UK Ltd.
Pitfield, Milton Keynes, MK11 3LW, UK
UKHW021523260726
13993UKWH00004B/1849

9 782329 316345